FICHE DE LECTURE

Document rédigé par Sybille Mortier
Maitre en langues et littératures
françaises et romanes
(Université catholique de Louvain)

Veronika décide de mourir

Paulo Coelho

lePetitLittéraire.fr

LePetitLittéraire.fr c'est :

Plus de 500 livres analysés

De manière claire et synthétique

Téléchargeables en 30 secondes

Paulo Coelho
Un romancier brésilien spiritualiste

- **Né en 1947 à Rio de Janeiro (Brésil)**
- **Quelques-unes de ses œuvres :**
  - *L'Alchimiste* (1988), roman
  - *Veronika décide de mourir* (1998), roman
  - *Adultère* (2014), roman

Dès l'enfance, Paulo Coelho rêve de devenir écrivain, mais ses parents le veulent ingénieur, à l'image de son père. À 38 ans, il entreprend le pèlerinage de Saint-Jacques-de-Compostelle et se convertit au christianisme, renouant ainsi avec l'enseignement des Jésuites dans lequel il a été éduqué. Peu après avoir vécu cette expérience spirituelle, il écrit son premier roman, *Le Pèlerin de Compostelle* (1987). Un an plus tard, il publie *L'Alchimiste* qui lui vaut une renommée mondiale. Ses romans, traduits dans près de 80 langues, sont tous des bestsellers qui se sont écoulés à pas moins de 175 millions d'exemplaires. Paulo Coelho intègre l'Académie des lettres brésiliennes en 2002 et est messager de la paix pour les Nations unies depuis 2007.

Veronika décide de mourir
L'éloge de la folie

- **Genre :** roman philosophique
- **Édition de référence :** *Veronika décide de mourir*, Paris, J'ai lu, 2015, 224 p.
- **1re édition :** 1998
- **Thématiques :** mort, folie, sens de la vie, dépression, suicide, thérapie, moi véritable

Publié en 1998, *Veronika décide de mourir* est le onzième roman de Paulo Coelho. Dans celui-ci, l'auteur nous raconte l'histoire de Veronika qui décide se suicider. Sa tentative ayant échoué, elle se réveille dans un hôpital psychiatrique. Elle y rencontre plusieurs personnes qui l'encouragent à remettre en question ses conceptions de la folie et de la vie.

L'auteur se glisse un instant dans le livre sous les traits du personnage Eduard pour nous expliquer qu'il utilise ce moyen détourné – à savoir, l'écriture de ce roman – pour raconter un pan douloureux de son adolescence. En effet, à l'âge de 17 ans, Paulo Coelho refusait de suivre les traces de son père qui, désemparé face à cette rébellion, ne trouva d'autres solutions que d'interner son fils dans un hôpital psychiatrique. Le jeune écrivain en devenir s'échappera de « sa prison » à trois reprises avant d'être officiellement libéré à l'âge de 20 ans.

RÉSUMÉ

UNE PATIENTE À LA RECHERCHE DE LA MORT

Le 21 novembre 1997, Veronika décide de mourir. Non pas parce qu'elle est déprimée ou triste, mais parce que sa vie n'a aucun intérêt. Pour cette Slovène, tous les jours se ressemblent et, une fois sa jeunesse passée, elle est persuadée qu'elle ne connaitra rien d'autre que décadence et souffrance. De plus, elle est consciente que le monde va mal et se sent totalement impuissante face à cela. Ne voulant infliger à personne la découverte d'un corps meurtri, elle écarte successivement la pendaison, la défenestration et les armes à feu ; elle opte alors pour l'ingestion de quatre boites de somnifères. D'abord prise d'une envie de vomir, elle perd finalement conscience.

Malgré cette tentative, Veronika se réveille allongée sur un lit d'hôpital à Villette. Emmenée dans un asile de fous, elle s'imagine alors quelle sera sa vie après sa sortie : un travail sans passion, un mari pour faire plaisir à sa mère, l'arrivée d'un bébé qui sauvera son mariage, l'envie de suicide à refouler jusqu'à ce que ses enfants soient grands, une nouvelle tentative de suicide, etc. Après réflexion, elle décide qu'elle ne sortira pas vivante de cette clinique, quitte à devoir se défenestrer au cas où elle ne parvient pas à trouver de médicaments.

Maintenue dans un état semi-conscient par les calmants pendant près de trois semaines, Veronika apprend par un médecin que les somnifères qu'elle a pris ont endommagé son cœur de manière irréversible et qu'elle mourra donc prochainement. Si le docteur lui annonce qu'il ne lui reste que cinq à sept jours à vivre, il s'agit en réalité d'un mensonge, une sorte de thérapie, car la jeune femme est en bonne santé. Celle-ci paniquée à l'idée de devoir patienter une semaine avant de mourir, se met en quête de somnifères pour en finir au plus vite. Ne parvenant pas à en trouver, elle se résout à attendre sa mort.

Ce faisant, elle se lie peu à peu d'amitié avec les fous qui l'entourent. Elle fait ainsi la connaissance de Zedka, une ancienne dépressive, de Maria, une victime d'un syndrome de panique, et d'Eduard, un schizophrène muet. Durant ces quelques jours, elle assiste également aux séances de soins administrés aux patients tels que l'injection d'insuline qui plonge Zedka dans le coma ou l'utilisation d'électrochocs sur Eduard qui perd connaissance. Ces traitements violents la choquent.

Au fur et à mesure, Veronika entame une réflexion sur sa vie, et notamment sur le fait d'avoir toujours vécu selon l'image qu'on se faisait d'elle, sans s'autoriser à être elle-même : elle a, par exemple, étudié le droit pour faire plaisir à sa mère alors qu'elle souhaitait devenir pianiste. Elle hait alors tout ce qui l'entoure et évacue ce sentiment en frappant rageusement sur le piano du centre hospitalier. Après cette crise, une sensation de bienêtre l'envahit et elle joue plusieurs sonates et odes à la lune, aux étoiles, au parc de l'asile et aux montagnes. Eduard est charmé par la musique de Veronika, mais cette dernière, voulant mettre un frein à cet élan, lui conseille de ne pas s'y habituer car elle est en passe de mourir.

À quelques jours de sa prétendue mort, Veronika fait une crise cardiaque, mais en réchappe. Hystérique, elle se plaint d'être encore en vie et s'insurge contre l'insensibilité du corps médical qui n'abrège pas ses souffrances alors qu'il la sait condamnée. La malade est tellement incontrôlable que les infirmiers sont obligés de lui injecter des calmants.

Veronika participe ensuite à l'intervention d'un maitre soufi qui pousse les patients de l'hospice à libérer leur esprit afin de les aider à trouver leur véritable essence. Prenant ainsi conscience de son « moi véritable », elle comprend qu'elle a agi trop hâtivement en essayant de se suicider et qu'elle n'a pas à avoir peur de la mort car cela ne ferait que gâcher ses derniers moments : elle décide donc de profiter du peu de vie qu'il lui reste.

Le jour fatidique arrive enfin. Son médecin attitré, le Dr Igor, lui annonce qu'il ne lui reste plus que 24 heures à vivre. Alors qu'elle s'apprête à quitter l'hôpital pour profiter de ses dernières heures en ville, Eduard est emmené par les médecins pour subir des électrochocs ; sans hésiter, Veronika décide de rester au chevet du jeune homme. Zedka, qui avant de quitter Villette vient lui faire ses adieux, l'encourage à prendre le risque d'aimer puisqu'elle n'a plus rien à perdre. À son réveil, Eduard avoue à l'héroïne qu'il l'aime et lui raconte son histoire : tandis qu'il désirait devenir peintre par-dessous tout, ses parents, le prenant pour un fou, l'ont interné.

Veronika lui confesse aussi son amour et lui demande de rester auprès d'elle jusqu'au moment de sa mort. Portés par un besoin de liberté, ils décident de quitter l'asile ensemble. La jeune femme, qui a l'impression que le but de sa vie est d'aider Eduard à renouer avec sa vocation, lui fait promettre de la peindre et de continuer à exercer son art. Elle s'endort apaisée dans les bras du jeune homme, pensant ne plus se réveiller. Le lendemain, ils se rendent compte que Veronika vit toujours, et croient au miracle…

UN MÉDECIN À LA RECHERCHE DE LA VIE

Parallèlement à l'histoire de Veronika, le lecteur suit le Dr Igor, propriétaire de l'asile de Villette. Selon lui, tout le monde souffre de dépression, excepté les fous, aussi les gens ne seraient dépressifs que lorsqu'ils peuvent se le permettre, c'est-à-dire quand aucune guerre ou famine ne les touchent. Ainsi, face à la fatalité de mort, Veronika et les autres patients se mettent à réfléchir sur leur vie et leur avenir. Par exemple, Maria explique au Dr Igor qu'au contact de Veronika, elle a retrouvé son âme : elle veut vivre ce qu'elle n'a jamais osé expérimenter et quitte l'établissement.

Le Dr Igor ment sur l'état de santé de Veronika, afin de l'utiliser comme sujet d'expérimentation pour prouver ses théories. Il pense que la conscience de la mort est le meilleur moyen de guérir les patients de leur amertume, et persuade la jeune femme de sa fin imminente pour l'inciter à vouloir vivre. La supercherie va si loin que les injections qu'elle reçoit ont en réalité pour seul but de provoquer les symptômes d'une crise cardiaque. L'hypothèse du médecin est finalement bien démontrée puisque la jeune fille reprend effectivement peu à peu gout à la vie, profitant de chaque jour comme s'il s'agissait du dernier.

ÉTUDE DES PERSONNAGES

VERONIKA

Yeux verts et cheveux châtains, Veronika est une jeune Slovène passive qui n'apprécie pas les contacts physiques. Si son rêve était de devenir pianiste, elle fut contrainte de renoncer à sa vocation car ses parents voulaient qu'elle étudie le droit. N'ayant pas trouvé d'emploi en tant qu'avocate, elle devient finalement bibliothécaire. Veronika a quitté la maison familiale six ans plus tôt et loge dans une chambre tenue par des religieuses. À peine âgée de 24 ans, elle se sent inutile et ne voit aucun intérêt à sa vie.

ZEDKA

Âgée d'environ 35 ans, Zedka est une Serbe internée à Villette. Bien qu'elle soit mariée et mère de plusieurs enfants, elle est en proie à des dépressions chroniques suite à un amour impossible vécu dans sa jeunesse. Zedka reçoit des piqures d'insuline comme traitement, ce qui la plonge à chaque fois dans de courts comas. D'après elle, l'état des malades s'améliore lorsqu'ils entrent à l'hôpital parce qu'ils n'ont plus besoin de cacher leurs symptômes pour paraitre normaux.

MARIA

Maria a été internée à Villette car elle souffrait de crises de panique. Avocate depuis 40 ans, elle est soudainement touchée par des troubles anxieux. Après deux mois de crise durant lesquels elle est restée cloitrée chez elle, un collègue lui suggère de se faire soigner à l'hospice de Villette. Si le Dr Igor lui prescrit des médicaments qu'elle peut prendre chez elle, Maria préfère se faire hospitaliser. Lorsque la rumeur de son internement finit par se répandre, son bureau la force à prendre sa retraite et son mari demande le divorce. Bien qu'elle soit guérie depuis un moment, Maria préfère rester à l'asile, du moins jusqu'à ce que le destin tragique de Veronika lui fasse prendre conscience du sens de sa vie. Selon cette femme de 65 ans, la folie nait du trop grand nombre de règles imposées par la société.

EDUARD

Eduard est un beau jeune homme de 28 ans, sensible, cultivé et vigoureux, qui souffre de schizophrénie. Fils d'un ambassadeur, Eduard a été élevé dans l'optique de suivre les traces de son père. Mais, suite à une lecture sur les grands visionnaires (Jésus, Darwin, Freud, Colomb, etc.), il décide de prendre des cours de peinture pour représenter les « visions du Paradis » (p. 156) de ces hommes et femmes d'exception. Ne comprenant pas ce changement de vocation, son père lui fait du chantage affectif pour qu'il arrête de peindre et reprenne ses études. Pour satisfaire ce dernier, Eduard renonce à son rêve et se range. Pourtant, il n'arrive pas vraiment à se résigner... Acculé, il se retrouve comme paralysé et se referme sur lui-même : « Il ne pouvait ni avancer ni reculer. Dès lors, il était plus simple de quitter la scène. » (p. 204) Ses parents, le prenant pour un fou, l'internent à Villette. L'histoire d'Eduard fait écho à la douloureuse expérience vécue par Paulo Coelho dans sa jeunesse.

DR IGOR

Le Dr Igor est le responsable de l'asile de Villette. Il rêve d'inscrire son nom dans l'histoire en résolvant le problème de la folie. D'après lui, tout le monde serait dépressif à des degrés divers, certains (les gens « normaux ») le cachant mieux que d'autres. Il croit que les « fous » sont plus heureux que le reste de la population, car ils peuvent s'exprimer et être eux-mêmes, sans se soucier de ce que les gens pensent d'eux. Selon la théorie du Dr Igor, le meilleur moyen de combattre la dépression serait de prendre conscience du caractère fatal de la mort : pour lui, on profite pleinement de la vie lorsque l'on se sait proche de la mort. Pour illustrer ces affirmations, il s'intéresse particulièrement au cas de Veronika dont il se sert comme sujet d'expérimentation.

CLÉS DE LECTURE

CARACTÉRISTIQUES DU CONTE PHILOSOPHIQUE

De par l'histoire qu'il met en scène, le roman philosophique invite à réfléchir sur diverses problématiques. À travers le parcours d'un ou de plusieurs personnages, le lecteur se voit soumis à un questionnement sociétal et/ou spirituel. Ainsi, dans *Veronika décide de mourir*, le lecteur est premièrement confronté aux questions de la folie et de la mort et s'interroge, à travers elles, sur le sens même de la vie et de l'âme.

Le roman philosophique pose également un regard critique sur la société de son époque et délivre généralement une certaine morale. Dans cet ouvrage, Paulo Coelho remet en cause les fondements de la société capitaliste qui, à force de règles et de contraintes toujours plus nombreuses, poussent la population à la dépression. En effet, en voulant se conformer à leurs voisins, les gens réfrènent en permanence la plupart de leurs pulsions et de leurs rêves. L'auteur pose le doigt sur l'acte du suicide et montre que la décision qui le précède est le résultat de cette dépression ambiante de la société. La morale du roman explique qu'il est impératif que chaque personne trouve son « moi véritable » pour redonner un sens à sa vie et ne pas sombrer dans la folie et/ou la dépression.

Sous le couvert de la fiction, l'écrivain s'interroge également sur l'éducation qu'il a reçue de ses parents, sur leur façon de le comprendre et de le « briser » par amour, en voulant l'aider. Enfin, profondément marqué par cette période de sa vie, Paulo Coelho nous livre une vision très critique des traitements administrés dans les hôpitaux psychiatriques ; son roman qui dénonce les admissions arbitraires dans les établissements psychiatriques fera tant parler de lui que la loi au Brésil sera adaptée.

LE STYLE SIMPLE ET POÉTIQUE DE PAULO COELHO

Paulo Coelho est un écrivain de bestsellers dans lesquels s'illustrent des récits centrés autour de la philosophie, la spiritualité, l'ésotérisme, etc. Principalement connu pour son conte philosophique *L'Alchimiste* où l'auteur cultive l'idée que chacun possède une « légende personnelle » – un but dans la vie –, Paulo Coelho ne cherche pas à écrire des romans au style littéraire recherché : il s'intéresse davantage à raconter une histoire de la meilleure manière qui soit. Ainsi, ses livres sont écrits du point de vue des personnages principaux, avec des phrases courtes et un vocabulaire simple et allant toujours à l'essentiel. Ses œuvres sont ainsi facilement traduisibles, invitant toutes les tranches de la population à la lecture. Si ses romans arborent un caractère poétique, ils confrontent chaque lecteur à des réalités marquantes comme la mort, le sens de la vie ou l'amour, etc., et le laissent régulièrement dans de profonds questionnements et remises en question.

Dans *Veronika décide de mourir*, le récit, rédigé au passé, est fluide. L'auteur alterne à plusieurs reprises entre les points de vue des différents personnages et utilise toujours la focalisation interne : le lecteur entretient ainsi une relation plus intime avec chaque protagoniste en apprenant leur vie et en découvrant leurs sentiments et pensées. Les descriptions sont réalisées à la troisième personne et sont entrecoupées de dialogues en discours direct.

Lorsque l'auteur décrit le monde hospitalier, on perçoit qu'il y a vécu. À travers les récits des différents traitements (piqures de calmants et d'insuline, électrochocs, etc.), le lecteur se rend compte que l'écrivain décrit un milieu qu'il connait bien (il a été enfermé trois ans). Le regard qu'il pose sur la folie découle du fait qu'il ait été, lui aussi, considéré comme fou :

> « La folie, c'est l'incapacité de communiquer ses idées. Comme si tu te trouvais dans un pays étranger : tu vois tout, tu perçois ce qui se passe autour de toi, mais tu es incapable de t'expliquer et d'obtenir de l'aide parce que tu ne comprends pas la langue du pays. » (p. 72)

UN REGARD TOURNÉ VERS LA VIE

La thématique centrale du roman est celle de la mort, traitée dès le suicide manqué de Veronika. Si cet acte n'est pas condamné ouvertement par l'auteur, on peut cependant déceler une critique en lisant entre les lignes. En effet, alors que sa mort approche, la jeune femme regrettera cette décision hâtive. De même, l'expérience menée par le Dr Igor n'avait d'autre but que de lui redonner le gout de la vie et, ainsi, d'éviter qu'elle réitère son geste mortel.

Mais, au-delà de ce thème évident, un sujet plus subtil se dévoile par l'intermédiaire du premier ; celui de la vie et, plus particulièrement, de son sens. En effet, si Veronika regrette tout d'abord de s'être ratée et cherche à retenter sa chance au plus vite, l'annonce des médecins sur sa condamnation la fait peu à peu réfléchir à son acte. À force de voir défiler les journées puis les heures qu'il lui reste, Veronika comprend l'importance de cette vie qui s'écoule. Elle, qui envisageait son existence comme une succession de jours sans saveur ni intérêt, commence à gouter tous les petits plaisirs qu'elle s'était refusés jusqu'alors : elle joue du piano de toute son âme, se livre sexuellement sans se restreindre, etc.

Dans la continuité du thème fondamental de la vie, le sujet du « moi véritable », de l'être réel présent au fond de soi, apparait suite à l'introspection proposée par le maitre soufi. En effet, la société actuelle pousse les gens à un conformisme qui étouffe parfois la personnalité individuelle. À contrecourant de cette tendance actuelle, le roman nous offre une belle leçon : il est essentiel de révéler sa vraie nature au monde, de vivre ses aspirations, ses rêves et ses projets dans l'unique but d'être heureux.

Le roman explique finalement que tous les dérangements psychologiques qui assaillent l'homme ne sont rien d'autre que le résultat d'une autocensure qu'il s'inflige pour ressembler à la majorité : il s'abstient de dévoiler ses rêves, ses faiblesses, ses doutes et ses particularités. Ainsi, le Dr Igor précise à Maria que ce sont justement ces contraintes qui provoquent l'amertume et la dépression.

> « C'est grave de s'obliger à ressembler à tout le monde : cela provoque des névroses, des psychoses, des paranoïas. C'est grave parce que c'est forcer la nature et aller à l'encontre des lois de Dieu, qui, dans tous les bois et toutes les forêts du monde, n'a pas créé une seule feuille identique à une autre. » (p. 180)

Pour le médecin, la folie n'est rien d'autre que la libération du « moi véritable ». Ainsi, ceux qui se laissent aller à leurs pulsions sont perçus comme des « fous ». Si en refusant les normes de la société, ils échappent à la dépression qui atteint à divers degrés la population dite « normale », ils sont toutefois considérés comme « anormaux » et sont régulièrement envoyés en hôpital psychiatrique. Dès lors, comme le souligne Zedka, l'état des « fous » s'améliore en arrivant à l'asile, car ils sont entourés de leur semblable et peuvent s'exprimer sans crainte : la folie y est la norme. En effet, même si rejeter le système est en soi un acte libérateur, il est toujours difficile d'être considéré comme « anormal » par notre entourage. Ainsi, l'internement psychiatrique est perçu comme une seconde délivrance.

Dans le roman, le personnage d'Eduard incarne cette folie dans le sens où, incapable de se remettre de la tragédie d'avoir abandonné la peinture, il renonce à la réalité pour s'enfoncer dans un monde imaginaire. Il décide donc de suivre ses rêves plutôt que la volonté de ses parents (et à travers eux, celle de la société) de faire de lui un citoyen lambda. Au contraire, Veronika semble en pleine possession de ses moyens, mais souffre de ce que le Dr Igor appelle l'« amertume ». Les contraintes de la société la font déprimer à tel point qu'elle ne perçoit plus l'intérêt de vivre. Ce n'est qu'une fois confrontée à sa mort qu'elle rejette enfin les valeurs de son entourage et décide de se montrer telle qu'elle est, acceptant ainsi la folie qui sommeille en elle.

PISTES DE RÉFLEXION

QUELQUES QUESTIONS POUR APPROFONDIR SA RÉFLEXION…

- Pourquoi Veronika décide-t-elle de mourir ? Comment expliquez-vous son choix ?
- En vous basant sur le roman, définissez ce qu'est un fou.
- Selon le Dr Igor, les maladies psychologiques sont le fruit de notre société qui nous force à penser de la même manière, et ce alors que chaque humain est différent. Qu'en pensez-vous ?
- D'après vous, peut-on obliger quelqu'un à réaliser un acte qu'il ne cautionne pas si l'on sait que c'est pour son bien ? Inspirez-vous de l'histoire d'Eduard.
- Comparez l'expérience d'Eduard et celle de Paulo Coelho et montrez comment l'écrivain « fictionnalise » son vécu.
- Comparez ce roman avec *L'Alchimiste* du même auteur. Quels sont les points communs et les différences ?
- Comparez le roman *Veronika décide de mourir* avec l'une de ses adaptations cinématographiques.
- Que pensez-vous de l'expérience pratiquée par le Dr Igor sur Veronika et de ses résultats ?
- Selon vous, est-il éthique d'utiliser quelqu'un comme sujet d'expérimentation sans son consentement ?
- Expliquez ce que l'auteur entend par le « moi véritable » en vous appuyant sur des extraits précis du roman.

Votre avis nous intéresse !

Laissez un commentaire sur le site de votre libraire en ligne et partagez vos coups de cœur sur les réseaux sociaux !

POUR ALLER PLUS LOIN

ÉDITION DE RÉFÉRENCE

- Coelho P., *Veronika décide de mourir*, Paris, J'ai lu, 2015.

ADAPTATIONS CINÉMATOGRAPHIQUES

- *Veronika wa shinu koto ni shita*, film de Kei Horie, avec Yôko Maki, Wan Lee, Jun Fubuki, Tomoko Nakajima, Keiko Oginome, Yumi Takigawa, Keiko Awaji et Masachika Ichimura, 2006.
- *Veronika Decides to Die*, film d'Emily Young, avec Sarah Michelle Gellar, Jonathan Tucker, Erika Christensen, Melissa Leo et David Thewlis, 2009.

SUR LEPETITLITTÉRAIRE.FR

- Fiche de lecture sur *L'Alchimiste* de Paulo Coelho

www.lepetitlitteraire.fr
ISBN ebook : 978-2-8062-6787-0
ISBN papier : 978-2-8062-6788-7
Dépôt légal : D/2015/12603/345